# 再版序

　　《不要帶我走》是台灣展翅協會在 2005 年出版的兒童人權繪本，以獨特的視角探討兒童生命權議題。這本繪本以孩子純真的眼光，直視社會上令人痛心的殺子後自殺事件，提醒大家對兒童生命權的重視。本書出版後，榮獲國立編譯館 95 年度獎勵人權教育出版品、中小學優良課外讀物等殊榮。

　　台灣展翅協會一直以來積極倡議政府遵循及實踐聯合國兒童權利公約。經過我們多年努力，我國終於在 2014 年通過《兒童權利公約施行法》，在兒童人權保障取得了長足的進步。然而，時至今日，社會上仍不時發生父母殺子後自殺的悲劇，因此，在《兒童權利公約》35 周年之際，我們重新推出《不要帶我走》，希望藉由這本書，持續提醒社會大眾，每個孩子都是獨立的個體，需要被尊重，沒有人能夠剝奪孩子寶貴的生命。

　　好的故事經得起時間的考驗，作者淑文以動人的筆觸為孩子發聲，在 20 年後的今日仍歷久不衰；張家銘醫師再次為本書撰寫導讀，讓我們了解「殺子後自殺」議題的現況及背後複雜因素；繪者嘉鈴為封面注入明亮溫暖的色彩，呈現嶄新風貌，傳遞出對未來的希望。

　　我們相信，只要活著，不管走到哪裡，生命都有盼望！

台灣展翅協會秘書長
陳逸玲
2024 年 9 月

 原版序

不要懷疑，兒童也有人權

1989年11月20日聯合國通過了兒童權利公約，保障兒童與生俱有的生存權利，各個國家皆應盡最大可能確保兒童的生存與發展，在五十四條的條文中更明訂保障了兒童的各項基本權，包含生存權、教育權、社會權、免於被剝削的權利等等，台灣展翅協會（原終止童妓協會）是第一個將聯合國兒童權利公約引進台灣，同時也是國內第一個紀念「世界兒童人權日」的民間團體。倡議兒童的權利，是本會一直以來堅持的工作。

「童聲系列～不要帶我走」是一本討論兒童生命權利的繪本，和淑文及嘉鈴討論主題時，我們也曾遲疑猶豫，要讓孩子麼早就接觸生死的問題嗎？絕對的保護是會讓孩子更強壯還是更脆弱？這幾年來看到社會上不斷發生遺棄、虐兒、攜子自殺……等不幸的事件，心疼每一個受傷害的孩子，生命是何等珍貴啊！我們深信每一個孩子都是獨立的個體，但又該用怎樣的方式讓父母與孩子了解「自己是生命的主人」，不是父母的附屬品，生存的權利是不容被剝奪的。

經過數個月的一再討論及反覆修改，終於誕生此書。在此要感謝台灣女人連線理事長綠紅、道聲出版社童書總編輯淑瓊及兒童品格教育者宜玲提供多方的意見，豐富此書的內容，讓故事更完整，並感謝內政部兒童局補助經費及前衛出版社等諸多好友的協助。

親愛的爸爸、媽媽，別認為孩子是無知的，在孩子小小的身軀裡有一顆敏感而柔軟的心，請擁抱您的寶貝，傾聽孩子的聲音。親愛的孩子，勇敢築夢吧！未來的世界是屬於你們的。11月20日世界兒童人權日，願世界上所有的孩子都能健康、快樂的成長！

台灣展翅協會 前秘書長
李麗芬
2005年11月

不要帶我走

文 江淑文　圖 陳嘉鈴

我的好朋友小童和她的弟弟啾啾走了。

小童的爸爸媽媽要去另一個世界，把他們一起帶走。

社區裡的人都在講這件事。
有的人說，大人自己不想活，為什麼要連累孩子？

不知道小童和啾啾想跟他們一起走嗎?

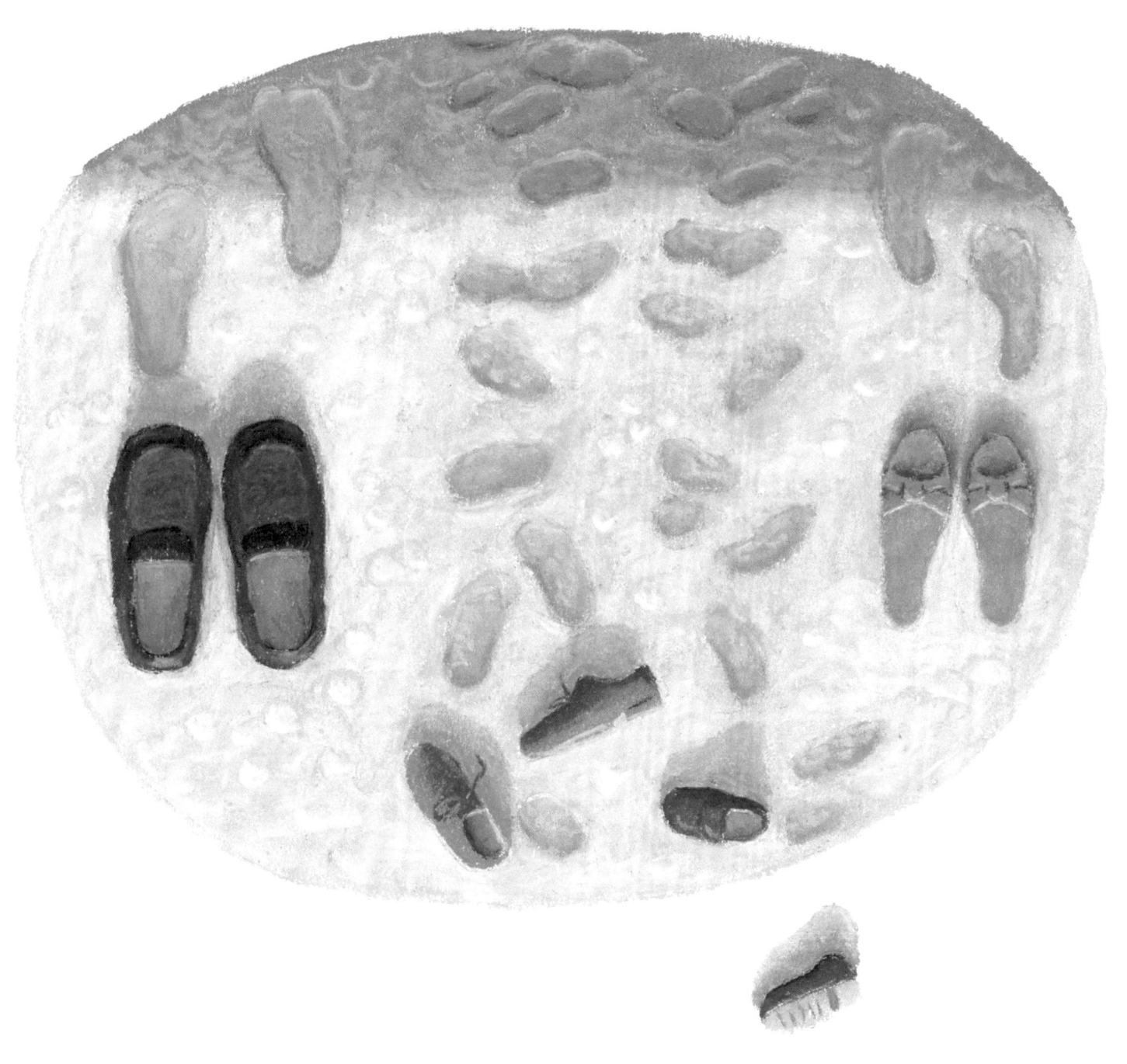

她的爸爸和媽媽有先問過小童和啾啾嗎？

爸爸媽媽最近講話常大小聲的,動不動就說:
「要走,全家一起走,孩子也要一起帶走!」

要帶我走?和小童一樣?

不行啦!

阿ㄚ公ㄍㄨㄥ和ㄏㄜˊ阿ㄚ嬤ㄇㄚˊ怎ㄗㄣˇ麼ㄇㄜ˙辦ㄅㄢˋ？ 放ㄈㄤˋ暑ㄕㄨˇ假ㄐㄧㄚˋ的ㄉㄜ˙時ㄕˊ候ㄏㄡˋ， 誰ㄕㄟˊ回ㄏㄨㄟˊ去ㄑㄩˋ陪ㄆㄟˊ他ㄊㄚ們ㄇㄣ˙？

我的數學習題還沒寫完，
陳老師會不高興的。

小青和我約好，
這學期每天要一起上學。

漫畫書店的儲值卡還有三十點還沒用完。

我想玩滑翔翼,爸爸說,等我長大以後再說。

以後要跟彭彭還是阿晨結婚，我還沒決定耶！

還有，我想跟媽媽一樣，
在健康中心做事，
我要保護全世界的小朋友，
不讓他們吃苦苦的藥。

我還有很多事情要做，我不能現在就走，不行！不行！我一定要跟爸爸媽媽說……

不要帶我走!

爸爸媽媽不是要帶我走，
我們只是要搬家。

爸爸媽媽一直跟我說對不起，
沒有先跟我討論，
問我想不想搬家、轉學？
唉！他們都以為只要大人決定好，
小孩子跟著做就可以了。

呼！只要活著，走到哪裡，生命都有盼望。

 導讀

你的孩子不是你的孩子　孩子生存權不應被剝奪

《不要帶我走》這本童書繪本，揭示了一個令人痛心的社會現象——「殺子後自殺」。這是一種悲劇，其中父母因為無法面對生活的壓力，選擇了結束自己的生命，並將無辜的孩子也帶入死亡的深淵。

根據衛生福利部統計，106 年～112 年共有 147 例兒少遭父母照顧者等家庭成員虐待死亡，其中 56 例嚴重虐待死亡、29 例嚴重疏忽死亡、62 例為「殺子後自殺」，平均一年有 8.9 例的「殺子後自殺」。又根據法務部司法官學院委託研究報告，100 年～109 年兒少保護案件總計 213 人死亡，其中原因為「殺子後自殺」者 107 人，每年平均 10.7 人。

在殺子的動機上，「利他型」的佔三分之二，也就是說這些家長認為帶孩子一起走是對他們最好的選擇。有些孩子年幼，甚至有身心障礙，父母擔心自己離開世上後無人可託付，擔心孩子在世上受苦。其次是「報復型」，約佔四分之一，常是父母爭執之後，一方帶走孩子而後自殺，要讓另一方永遠後悔。

這樣的悲劇常常發生在那些經濟困難、家庭關係紊亂的高風險或脆弱家庭中。這些家庭面臨著多重問題，如貧窮、犯罪、失業、物質濫用等，這些問題不僅影響了家庭的穩定，也嚴重影響了孩子的安全和福祉。

詩人紀伯倫在他的詩《孩子》中寫道：「你的孩子不是你的孩子，他們是生命的子女，是生命自身的渴望。」這句詩語重心長地提醒我們，孩子們有自己的生命和權利，他們不應該因為父母的選擇而被剝奪生存的機會。

感謝展翅協會長期致力於兒少權益的倡議。「不要帶我走！」也是一個強烈的呼籲與提醒。讓我們一起聆聽孩子的心聲，並採取行動，確保每一個孩子都能安全地成長，為他們創造一個更美好的未來。

林口長庚醫院精神科主治醫師
張家銘

※ 相關諮詢電話
全國保護專線 113
哎喲喂呀兒童專線 0800-003-123
衛生福利部安心專線 1925
張老師 1980
生命線 1995

作者 / 繪者簡介

我想跟你說

不時聽到殺子後自殺的新聞，卻不敢去想那真實的畫面。

當事者，尤其是被決定走向死亡的小孩的感覺是什麼？

是不是如我小時候的溺水經驗一樣？

「我不能呼吸、不能呼吸！我要空氣，我好難過，誰來救我？」

那些小孩，是否有過這樣的掙扎、害怕、疑惑？如本書中呈現的凌亂腳步？

他們有沒有機會掙脫心中有個大黑洞、緊抓著他們不放的父親的手？

他們有沒有軟化母親如硬石般、一定要尋死的決心？

憐憫這些已逝、來不及長大的孩子。

也希望藉著本書，在預防殺子後自殺的行動中，多少使上一點力氣。

最後，想跟在心靈上、現實生活中遇到困境的大人和小孩分享一句話：

「只要活著，走到哪裡，生命都有盼望。」不要輕易放棄生命。

作者　江淑文

宜蘭縣蘇澳鎮人

美國華盛頓大學（西雅圖）多元文化教育碩士

東海大學歷史碩士、中興大學歷史系畢業

長期擔任文字、編輯、教案設計，現任美好腳蹤系列繪本主編。

繪者　陳嘉鈴

曾從事兒童雜誌插畫美編、電影特效、3D 遊戲、動畫和網站設計等工作，繞了一圈，覺得還是繪本故事和插畫創作最契合自己的心意。作品有：《井上先生，謝謝您》、《亨德的那杯水》、《一起在畫裡》、《永遠的祝福》、《消失的銅像》等繪本。

陳嘉鈴和江淑文已經麻吉很多年，合作的作品很多。
在本書進行當中的 2005 年 9 月，陳嘉鈴和江淑文結婚了。

國家圖書館出版品預行編目(CIP)資料

不要帶我走 / 江淑文文；陳嘉鈴圖. -- 第二版. --
臺北市：臺灣展翅協會, 2024.10
　　面；　公分. -- (童聲系列；2)

ISBN 978-986-06028-5-2(精裝)

863.599　　　　　　　　　　　113014081

童聲系列 2
不要帶我走

文：江淑文
圖：陳嘉鈴

總　編　輯：陳逸玲
編審顧問：林綠紅、張淑瓊、鍾宜玲
執行編輯：陳時英、林晏萱
美術編輯：陳嘉鈴

出　　版：台灣展翅協會
地　　址：104 台北市中山區民權東路二段 26 號 4 樓之 5
電　　話：(02)2562-1233　傳真：(02)2562-1277
電子信箱：ecpattw@ecpat.org.tw
官　　網：www.ecpat.org.tw
劃撥帳號：17927432

發行總代理：前衛出版社
總　經　銷：紅螞蟻圖書有限公司
印　　刷：億圓印刷有限公司
法律顧問：勳業聯合法律事務所　陳貴德律師
出版年月：2005 年 11 月 初版一刷、2008 年 5 月 初版二刷、
　　　　　2011 年 3 月 初版三刷、2024 年 10 月 第二版一刷
Ｉ Ｓ Ｂ Ｎ：978-986-06028-5-2
Printed in Taiwan
定　　價：新台幣 350 元

本書為台灣展翅協會版權所有 · 翻印必究
若有缺頁、破損、裝訂錯誤，請寄回本會更換

展翅官網 QR code